Montanha para andarilhos

POEMAS DE
Roseana Murray

AQUARELAS DE
Pedro Cezar Ferreira

Copyright dos textos © Roseana Murray, 2023

Copyright das ilustrações © Pedro Cezar Ferreira, 2023

Direitos de publicação: © Editora Bambolê

Diretora editorial: Juliene Paulina Lopes Tripeno

Editora executiva: Mari Felix

Coordenação Editorial: Marcia Paganini

Edição: Cassia Leslie

Paratexto: Marici Passini e Marcia Paganini

Revisão: Erika Moreira Dias e Juliana de Barros Souto

Capa: Dayane Barbieri

Projeto gráfico e diagramação: Dayane Barbieri

Fotografias: Juliana Mello

Dados Internacionais de Catalogação na Publicação (CIP)

> **Murray**, Roseana.
>
> Montanha para andarilhos / Roseana Murray; Ilustrações de Pedro Cezar Ferreira. — 1. ed. - Rio de Janeiro, RJ: Bambolê, 2023.
>
> ISBN 978-65-86749-47-2
>
> 1. Emoções - Literatura infantojuvenil 2. Poesia - Literatura infantojuvenil 3. Sentimentos - Literatura infantojuvenil I. Ferreira, Pedro Cezar. II. Título.
>
> 23-150242
>
> CDD-028.5

ÍNDICE PARA CATÁLOGO SISTEMÁTICO

1. Literatura brasileira: Infantojuvenil.

2. Literatura: Infantil, juvenil, livros para crianças, livros de figuras (Brasil).

Todos os direitos reservados e protegidos. Nenhuma parte deste livro pode ser reproduzida, total ou parcialmente, sem a expressa autorização da editora.

O texto deste livro contempla a grafia determinada pelo Acordo Ortográfico da Língua Portuguesa, vigente no Brasil desde 1º de janeiro de 2009.

comercial@editorabambole.com.br

www.editorabambole.com.br

Escrever sobre a montanha, escrever sobre as pinturas do Pedro Cezar Ferreira, é como entrar na minha casa. Vivi tantas vezes na montanha, ela me abraça de uma tal maneira maravilhosa e fala tão claramente com a minha alma. Estas aquarelas me deixaram outra vez ser sua andarilha.

Roseana Murray

Considero-me um andarilho que registra as paisagens por onde passo. A beleza da Mantiqueira sempre me encantou e busquei retratar por meio de meus pincéis e tintas o que via e sentia. Desde pequeno tenho o hábito de carregar um caderno. Assim, em minhas andanças, posso desenhar e pintar as maravilhas que vou descobrindo.

Pedro Cezar Ferreira

Entre duas araucárias
corre um rio de memórias
antiquíssimas:
os donos da montanha,
o povo de antes,
passa incessantemente,
como num sonho miragem,
pelas frestas do tempo.

E de repente
araucárias se tingem
de céu,
ipês derramam
ouro no ar
enquanto a montanha
se espreguiça.

O mapa é de verdes
e ocres
e a transparência
dos rios é espelho.
A água canta sobre
as pedras.
As árvores
também fazem música
na harpa do vento.

O poema se apoia
sobre as pedras,
as palavras tocam
as suas agulhas,
texturas,
alguma águia
terá seu ninho
numa fenda
e vigia e espreita.
Alguma água escondida
dará de beber ao viajante.

Não é fácil chegar
ao coração da montanha.

A cachoeira embrulha
amorosamente
as pedras
numa sinfonia perfeita
em sua queda,
água viajando na água,
rumo a um mar
tão longe.

Atrás das paredes,
portas, janelas.
Como se desenrolam
os novelos da vida
de cada um?
Há quanto de paciência
e espera
nesse tempo
de cidadezinha,
que passa mais lento?
Se aguçado o ouvido
 se poderá ouvir um galo,
um mugido, algo que range,
tudo se junta no mesmo
acorde
que pousa nos telhados.

Numa passarela de árvores

azuis,

deixo que meu olhar

se perca

nos seus intervalos.

A terra rescende ao sol

e guarda seus dourados

e ocres

feito tesouro,

onde a noite escreve

estrelas.

Entre os vales,
caminhos ondulantes,
às vezes secretos,
que sempre levam
a um fio de água,
um sussurro de rio
e de árvores.
O andarilho se banha
nos verdes e azuis
que a montanha
derrama
e em seus olhos
guarda a paisagem
dobrada dentro da íris,
feito um brilho.

Cada casinha
e sua árvore guardiã,
como enfeites esparsos.
De longe
contam histórias,
umas para as outras,
na misteriosa língua
das raízes embaixo
da terra.
De uma porta escapa
um suspiro de saudade,
talvez enamorados
troquem pensamentos,
um perfume no vento.

Dentro da noite
de veludo,
as árvores dormem
e sussurram
seus sonhos.
São caudalosos
como os rios,
como a seiva,
e talvez
algum fragmento
escape e atravesse
nossos próprios sonhos.

Como um lenço
bordado com fios
preciosos,
que coubesse na palma
da mão,
lá embaixo a aldeia
cintila,
quase cabe inteira
dentro dos olhos.
Imóvel,
parece um quadro
na moldura da mata.

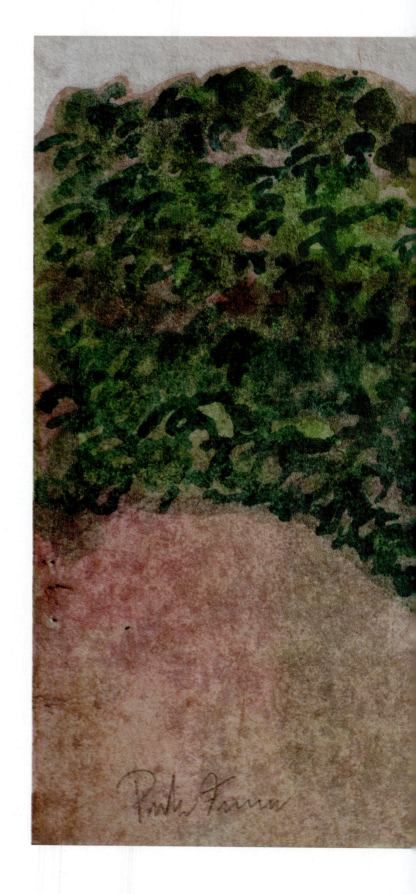

É bom se perder

no escuro

para farejar brilhos

e perfumes.

Há um silêncio envolto

na música da mata,

há um vaivém de bichos

subterrâneos; outros, caçam

na superfície da terra.

A árvore no caminho

oferece ao andarilho

o que tem:

a sua existência.

Como se girassóis
abrissem suas pétalas
no céu,
o sol derrama amarelo
ouro
sobre o azul da montanha,
enquanto o rio canta
alegria, se esparrama.

O vento vem e toca
o bambuzal,
como se os bambus
fossem o seu instrumento.
Os bambus balançam,
se retorcem
em mesuras dançarinas
até quase alcançar o chão.
E depois tudo se acalma,
e a noite cata
as suas estrelas,
preparando devagarinho
a luz da manhã.

Do outro lado da porteira
o que é que há?
Bicho grande, pequeno,
vaca, boi, sabiá?
E cachoeira, será que há?
Tudo que é fechado
dá vontade de espiar.
Às vezes o céu se abre
pra tempestade passar.

E de repente nasceram
árvores azuis
de sementes mágicas,
que a poesia levava
entre suas sílabas.
Parece que cantavam,
e em cada folha cabia
um pedaço de céu.

O casario se aninha
no abraço da montanha.
Em cada cozinha
adivinhamos a lenha
acesa,
movimentos lentos,
milenares,
preparam
o primeiro café,
o que inaugura a manhã.
Um perfume de orvalho
ainda flutua no ar.

Enquanto a noite desenrola

seu emaranhado

de estrelas,

as árvores se abrem

para beber luz.

Seus galhos nus

traduzem o inverno,

a gestação das folhas

em silêncio.

Entre verdes e azuis,
ocres, amarelos,
um cavalo branco
e seus pensamentos
que jamais decifraremos,
nos levará em seu olhar?
Nós, os andarilhos,
os passantes,
os que caminham
sonhando.

Dentro da montanha,
tantos tesouros se abrem
como flores,
em caminhos que sobem,
descem, serpenteiam,
um riacho invisível
espalha sua pequena
música incessante,
a que se fabrica
sobre as pedras.

Os Autores

Nascida na cidade do Rio de Janeiro, Roseana Murray começou a escrever poesia para crianças em 1980, influenciada pela obra de Cecília Meireles. Sua primeira publicação foi o livro *Fardo de carinho*. Atualmente, já tem editado mais de 100 livros. Recebeu por quatro vezes o Prêmio de Melhor Poesia pela Fundação Nacional do Livro Infantil e Juvenil, o Troféu APCA, o Prêmio da Academia Brasileira de Letras de Melhor Livro Infantil 2002, juntamente com Roger Melo. É a idealizadora do Projeto de Leitura Café, Pão e Texto, por meio do qual recebe em sua casa alunos de escolas públicas para um café da manhã literário. Roseana vê poesia em tudo. Isso se evidencia em seu estilo, ao tratar com delicadeza e sensibilidade de temas do cotidiano, da natureza, dos afetos. Inspira-se principalmente em suas experiências da infância e no lugar onde vive. Sua escrita equipara-se, nesse sentido, à de Cecília Meireles, Henriqueta Lisboa e Bartolomeu Campos de Queiroz.

ROSEANA MURRAY

PEDRO CEZAR

Natural de São Paulo, capital, Pedro Cezar Ferreira vive e trabalha em Visconde de Mauá, região serrana do Rio de Janeiro, desde 2007. Autodidata, aprimorou sua técnica por meio de cursos com importantes artistas plásticos, como Flávia Ribeiro, Dudi Maia Rosa e Artur Lescher. Em 2008, fez a primeira exposição de sua obra e desde então tem participado regularmente de mostras individuais e coletivas. Em 2014, foi premiado no 42º Salão da Primavera do Museu de Arte Moderna de Resende, RJ. Inspirado nas paisagens da região em que mora, produz aquarelas e outras pinturas de técnica mista, valendo-se de contrastes cromáticos, o que imprime em sua obra uma identidade ao mesmo tempo única e universal.

A Obra

Montanha para andarilhos é uma obra composta pela reprodução de pinturas produzidas por Pedro Cezar Ferreira, acompanhadas de poemas criados por Roseana Murray. Desde 1976, Roseana frequenta a Serra da Mantiqueira, onde tem uma propriedade, de modo que o visual do lugar é para ela fonte de muita inspiração. Ao conhecer as aquarelas de Pedro Cezar, que também busca inspiração nas paisagens serranas para produzir sua arte, Roseana encontrou mais uma fonte da qual beber para criar esses poemas, nos quais a vida nas serras, nos morros, nos vales e nas montanhas enuncia-se. A leitura desta obra, portanto, possibilita ao leitor refletir sobre temas como autoconhecimento, sentimentos e emoções e também sobre suas relações com o mundo natural e social, isto é, sobre ser e estar no mundo, sobre pertencimento.

Em cada página dupla deste livro, o leitor se depara com uma das pinturas de Pedro Cezar, acompanhada de um poema de Roseana, como se fossem legendas para as imagens. E nesse encontro "explodem" os sentidos. E o que se deve fazer primeiro: observar a imagem (o texto visual) ou ler o poema (o texto verbal)? Isso quem escolhe é você, leitor, pois como disse Marici Passini, "Você não é mais um leitor agora, é um andarilho, e caminha lado a lado com a poeta e o pintor."

Como se vê, temos aqui o encontro de duas manifestações artísticas: a poesia e a pintura.

"Não é fácil chegar
ao coração da montanha."

R. Murray

Este livro foi composto com as tipologias Crimson Pro
e IM FELL English SC, no outono de 2022.